JE PEUX LIRE!

NIVEAU 2

150–250 MOTS

# Clifford
## aux olympiades

### Je peux lire! — Niveau 2

# NORMAN BRIDWELL

#### Texte français d'Isabelle Allard

## Éditions
## ■SCHOLASTIC

Pour Jennifer Naomi Morris

L'auteur tient à remercier Manny Campana et Grace Maccarone
pour leur contribution à ce livre.

Catalogage avant publication de Bibliothèque et Archives Canada

Bridwell, Norman
[Clifford's sports day. Français]
Clifford aux olympiades / Norman Bridwell ; Isabelle Allard, traductrice.

Traduction de: Clifford's field day, publié à l'origine sous le titre: Clifford's sports day.
ISBN 978-1-4431-3620-4 (couverture souple)

I. Allard, Isabelle, traducteur II. Titre. III. Titre: Clifford's sports day. Français

PZ23.B75Cld 2014          jC813'.54          C2013-907980-7

Édition publiée par les Éditions Scholastic, 604, rue King Ouest, Toronto (Ontario)  M5V 1E1.

5  4  3  2  1     Imprimé au Canada 119    14  15  16  17  18

MIXTE
Papier issu de
sources responsables
FSC® C103113

Clifford a hâte de participer
aux olympiades.

Il y aura des jeux.
Il y aura des courses.

La première activité est la course en sac.
Clifford est si gros qu'il lui faut quatre sacs!

L'entraîneur dit qu'il doit utiliser
un seul sac.
Émilie va lui en chercher un plus grand.

C'est le signal du départ!

Oups! Clifford est tombé!

La course à trois pattes va commencer.

Clifford trouve cela plus facile.

Ensuite, Clifford veut sauter
par-dessus les haies.

Il essaie de franchir trois haies
d'un seul bond.

Va-t-il réussir?

Oh, oh! C'est très difficile en fin de compte!

Puis c'est l'épreuve de gymnastique.

Bravo, Clifford!

Clifford est doué pour les culbutes.

C'est le meilleur!

Il obtient une note parfaite!

Et maintenant, c'est la lutte à la corde.

Émilie et son équipe ont besoin d'aide.

Clifford leur donne un coup de main.

Ils gagnent!

L'entraîneur s'écrie :

— Ce n'est pas juste! Clifford est trop gros pour jouer.

Clifford est triste. Il veut seulement
s'amuser avec les enfants.

La journée se termine par
une partie de baseball.

Clifford se contente de regarder la partie.

Le frappeur envoie la balle très, très loin. Clifford se met à courir.

Oh non! Le garçon n'a pas vu l'auto!

Clifford l'arrête juste à temps.

Le garçon est sain et sauf!

Clifford est un héros!